Una Princesa Diferente

Princesa Caballero

Printed Edition

Copyright © 2013 Amy Potter

Illustrated by Linda Sheppard

ISBN-13: 978-1492801788

ISBN-10: 149280178X

Hola, mi nombre es Amy.

Este es mi pequeño unicornio Huggy.
Juntos vivimos grandes aventuras.

Papá siempre dice que soy su princesita. Me gusta ser una princesa, pero ser la misma princesa todo el tiempo es aburrido. Así que yo soy una princesa diferente cada noche.

Y esta noche quiero ser…

¡¡¡UNA PRINCESA CABALLERO!!!

Para ser una auténtica Princesa Caballero Medieval necesito: un buen casco brillante en mi cabeza, una capa roja de caballero, una espada de madera y un escudo pintado con el noble Huggy.

"¿Te gusta mi aspecto?"

Siendo una Princesa Caballero, vivimos en un buen palacio hecho de piedra.

-Mira. Se parece al castillo de Cenicienta.- Dice Huggy.

- Yo soy más guay que Cenicienta. Yo soy una valiente Princesa Caballero. Ya verás, Huggy.

Yo no vivo encerrada en el Castillo. Desde la torre más alta puedo ver los campos de mi propiedad.

— ¿Sabes Huggy que los campesinos trabajan mucho y son muy pobres? Tenemos que ayudarles.

Hemos decidido participar en el Torneo Real.

Huggy y yo competiremos en los juegos del torneo, ganaremos y con el premio ayudaremos a los campesinos.

"Te gusta la idea, Huggy?"

Ningún otro caballero puede derrotarnos, así que ganamos el Torneo Real.

El Rey nos nombra Sir "Princesa Caballero".

—Eres un Valiente caballero, Sir Princesa Caballero. Tengo una importante misión para ti: Un fiero dragón ha secuestrado a mi hijo, el príncipe Rubito. ¿Puedes rescatarlo?

—Por supuesto, mi señor. Huggy y yo lo rescataremos.

El Dragón vive en una cueva en una lejana montaña.

— ¡Mira Huggy, la hemos encontrado!

¡Amy, la princesa Caballero, y su fiel Huggy al rescate!

Y aquí está el fiero dragón… Bueno, quizá no sea tan fiero.

—Oh, otro amiguito para jugar. Pasa, por favor. —dice el Dragón.

El dragón, que se llama Smaugy, nos invita a una fiesta del té.

—Oh querida, me encantan las fiestas de té. Me aburro tanto aquí en esta lejana montaña. ¿Os gustaría quedaros y jugar conmigo y mi nuevo amigo?

Jugamos toda la tarde con él y el príncipe Rubito y nos hicimos amigos.

El Dragón en realidad no era fiero ni malvado, solo quería tener amigos para jugar.

Smaugy acepta volver con nosotros al Castillo. Vivirá allí y así podremos jugar todos los días.

Como es muy bueno y le gusta compartir, el Dragón nos regala parte de su tesoro. Huggy y yo se lo dimos a los campesinos de mi reino.

Los campesinos ya no son pobres. Así que sus hijos pueden ir a la escuela para ser lo que quieran ser.

Ahora todo el mundo es feliz.

Hemos hecho un montón de amigos hoy y hemos ayudado a mucha gente.

— Adios, Valiente Amy, vuelve pronto!

Ha sido divertido ser una Princesa Caballero.

¿Qué clase de princesa seré mañana?

"Di Adios, Huggy"

FIN

Otros Libros de Amy Potter

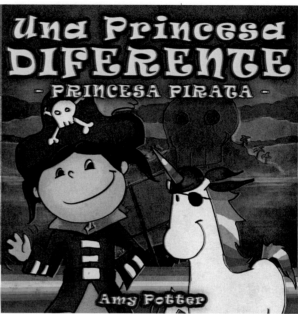

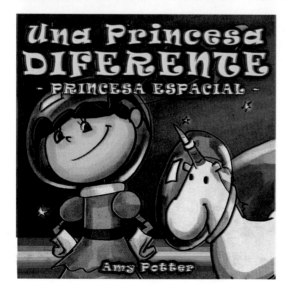

Made in the USA
San Bernardino, CA
16 March 2019